le chemisier

Scénario & Dessin
Bastien Vivès

casterman

UN TRUC IDIOT : LE PHP EN 1RE ANNÉE, ALORS QUE DANS DEUX ANS C'EST OBSOLÈTE.

ÇA SERT À RIEN.
J'SUIS PASSÉ DEVANT, TOUS SUR LEUR MACBOOK PRO.

PUIS 90 % DES ENTREPRISES SONT PAS ENCORE SOUS WINDOWS 7.
LE TRUC EST À DEUX VITESSES.
Y AVAIT UNE GAME JAM À BORDEAUX ET J'ÉTAIS AVEC JEREMY...
ET DANS UN TUTO, ILS MONTRAIENT EN TROIS MANIPS COMMENT ROOTER SON IPHONE...
TCHIC :
AH ZUT, ÇA TE GÊNE LA FUMÉE ?

C'EST JUSTE QUE JE SUIS TRÈS SENSIBLE DE LA GORGE.
PAS DE SOUCI, JE VAIS ALLER FUMER À LA FENÊTRE.
ÇA TE DÉRANGE PAS ?
NON, NON.
ÇA VA ?
OUI, OUI.
DEMAIN, TOUS LES HACKERS SONT SOUS IPHONE.

T'AS BESOIN D'AIDE ?
T'INQUIÈTE, Y A DEUX PIZZAS.
ARNAUD, IL REFAIT SON ANNIV' DANS LE BAR DE LA DERNIÈRE FOIS ?
EUH... OUAIS.
... J'CROIS... IL A FAIT UN EVENT SUR FACEBOOK.
OUI, OUI, C'EST DANS DEUX SEMAINES.
NON, PARCE QUE CE WEEK-END, JE VAIS CHEZ MES PARENTS À MEAUX.
OK... COOL.

DANS SA CORRESPONDANCE, FLAUBERT MANIFESTE SOUVENT SA HAINE À L'ENCONTRE DE SES PARENTS.
TOUTEFOIS...
SON PRINCIPE LITTÉRAIRE D'"IMPERSONNALITÉ"...
... TRACE UNE LIGNE DE SÉPARATION NETTE ENTRE SES ŒUVRES ET SA VIE PERSONNELLE.

D'AILLEURS, QUI PEUT ME DIRE DE QUELLE MALADIE FLAUBERT ÉTAIT ATTEINT ?
L'ÉPILEPSIE ?
TOUT À FAIT.
CAR LOUISE COLET EN FAIT LA DESCRIPTION DANS SES "MÉMENTOS" ...
"... SES EFFORTS, SON RÂLE, L'ÉCUME QUI LUI SORT DE LA BOUCHE..."

MONSIEUR, POUR L'ORAL, SI JE FAIS UN PLAN EN TROIS POINTS...
RAPPELEZ-MOI VOTRE NOM ?
SÉVERINE.
VOUS PASSEZ LA SEMAINE PROCHAINE ?
OUI, JE ME DEMANDAIS SI JE POUVAIS FAIRE UN DÉVE...
ESSAYEZ DÉJÀ DE FAIRE QUELQUE CHOSE DE PROPRE ET CLAIR, ET CE SERA TRÈS BIEN.

BONSOIR.

AH, PARFAIT, BONSOIR.
DÉSOLÉE, Y AVAIT BEAUCOUP DE CIRCULATION, AVEC LE BUS...
VOUS TOMBEZ PILE. ÉVA EST DANS LE SALON, ELLE EST DÉJÀ EN PYJAMA.
ÉVA! TU VIENS DIRE BONJOUR.
AH, SÉVERINE, SI ON PEUT LA COUCHER PAS TROP TARD.
OUI, PAS DE SOUCI.

TES BOUCLES D'OREILLES, CHÉRIE.
JE NE VAIS PAS LES METTRE.
ÉVA,
TU VIENS DIRE BONJOUR À SÉVERINE.

ÉVA, TU POSES L'iPAD...
... ET TU DIS BONJOUR À SÉVERiNE.
BONJOUR.
DONC, JE LUi DONNE À MANGER ET JE LA COUCHE.
POUR LE REPAS, JE FAiS QUELQUE CHOSE EN PARTi-CULiER ?
OUi, CE SERA PARFAiT.
C'EST BON.
ON Y VA.
BONNE SOiRÉE.

TU REGARDES QUOI ?
"LES ARISTOCHATS".
TU SAIS QUEL EST MON DISNEY PRÉFÉRÉ ?

MON DISNEY PRÉFÉRÉ, C'EST "LA BELLE ET LA BÊTE".
ÉVA ?

TU LE LIS ?
ATTENDS. ON VA PEUT-ÊTRE MANGER AVANT.
ET APRÈS ON LE LIT.

"RAIPONCE"...
"LA REINE DES NEIGES"...
ELLE OFFRIT AU PRINCE UNE SUPERBE ROSE EN ÉCHANGE DE L'HOSPITALITÉ...
LE MÉCHANT PRINCE, DÉGOÛTÉ PAR L'ASPECT DE LA VIEILLE FEMME, SE MOQUA DE SON PRÉSENT.
"LES APPARENCES SONT TROMPEUSES, LE PRÉVINT-ELLE, LA VRAIE BEAUTÉ EST INTÉRIEURE..."

REGARDE.
MAIS, ÉVA ? IL FAUT PAS FAIRE ÇA...
C'EST MON PAPILLON.
OUI, MAIS C'EST "TON" PAPILLON.
IL NE FAUT PAS LE MONTRER À TOUT LE MONDE COMME ÇA.
POURQUOI ?

PARCE QUE C'EST À TOI, C'EST TON CORPS.
RAIPONCE, ELLE NE MONTRE PAS SON...
POURQUOI ?
BAH PARCE QUE...
... ATTENDS.
T'ES UN PEU CHAUDE, DIS DONC...
KLANG !
QU... ?
C'EST QUOI, CE BRUIT ?

AH, MONSIEUR. VOUS ÊTES DÉJÀ RENTRÉ ?
OUI, LA SOIRÉE A ÉTÉ LÉGÈREMENT ÉCOURTÉE.
J'AI MIS ÉVA AU LIT, MAIS…
TOUT VA BIEN ?
PUTAIN.
OUI, OUI… C'EST JUSTE QUE MA FEMME EST CLINIQUEMENT FOLLE… SINON TOUT BAIGNE.

ÇA S'EST BIEN PASSÉ ?
BAH, MA PUCE...
QU'EST-CE QUI T'ARRIVE ?
ÇA...
MMMH...
DIS-MOI, C'EST LA TÊTE ? C'EST LE VENTRE ?
ELLE EST EN SUEUR.

BEUARG
AAAH !
ON VA AUX TOILETTES.
ÇA VA MIEUX ?
VOUI.
TOUT EST SORTI ?
ALLEZ, ENLÈVE ÇA...
... ET LE BAS AUSSI.

ÇA VA MIEUX, MA PUCE ?
OUI.
JE LUI AVAIS FAIT DU JAMBON.
C'EST PAS LE JAMBON.
C'EST PLUTÔT LE KILO DE BONBONS QU'ELLE A MANGÉ CET APRÈS-MIDI.
AH, MAIS VOUS EN AVEZ...

ATTENDEZ.
PRENEZ ÇA...
VOUS DÉRANGEZ PAS.
T'AS PLUS MAL AU VENTRE ?
NON.
SÉVERINE.
TENEZ.
SI VOUS VOULEZ VOUS CHANGER, UTILISEZ L'AUTRE SALLE DE BAINS.

PSCHhhh.

MONSIEUR, VOUS ÊTES SÛR ?

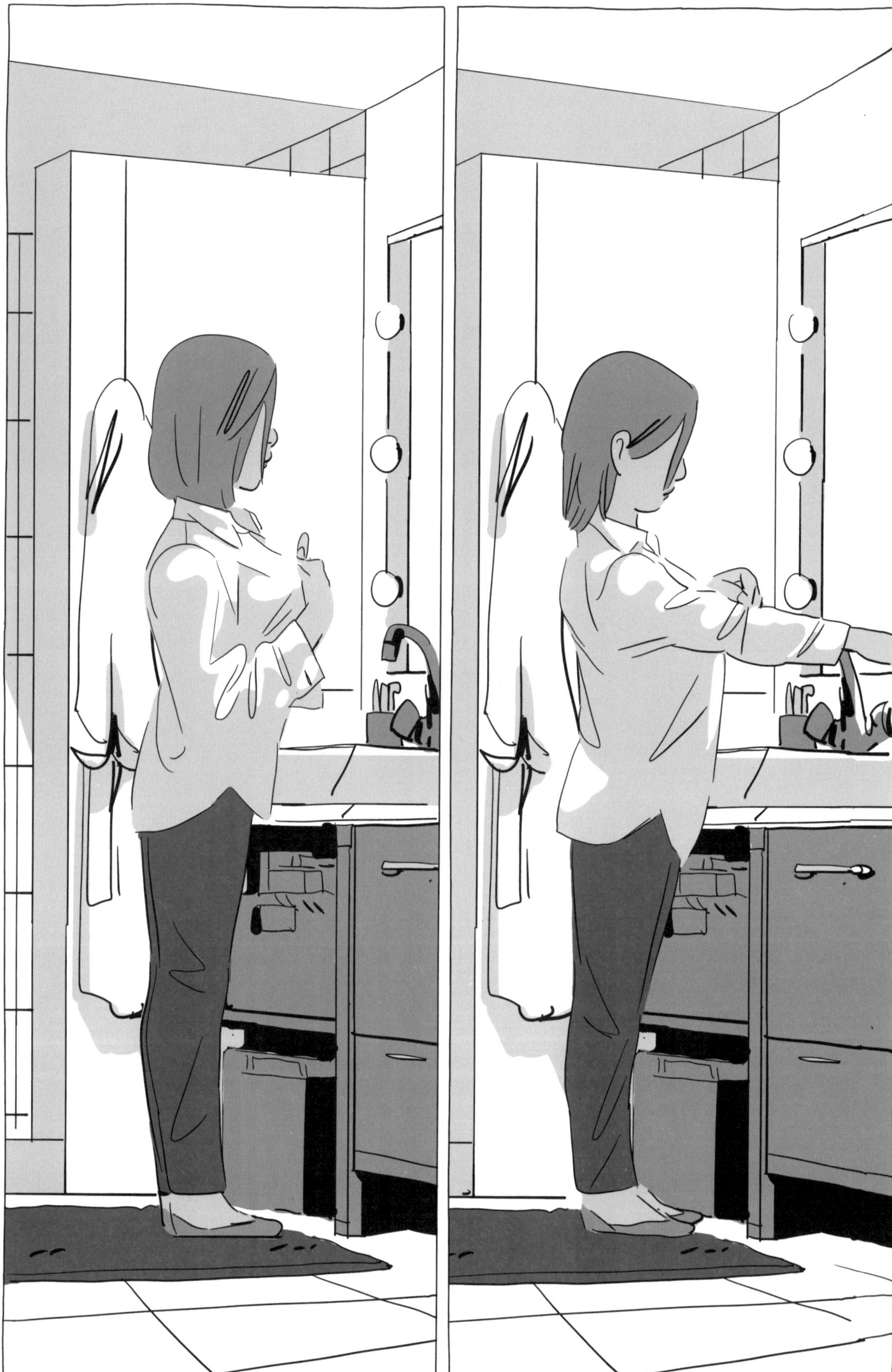

SÉVERINE, VOUS VOUS EN SORTEZ ?

VOUS ÊTES SÛR QUE JE PEUX... ?
OUI, OUI...
AH !
MERCI DE DÉCROCHER ! ÉCOUTE, LA PETITE EST MALADE, ALORS ARRÊTE TES CONNERIES ET...
BAH, JE M'EN SUIS OCCUPÉ.
MAIS ÇA SERAIT MIEUX QUE TU RENTRES.
NON, MAIS T'AS QUEL ÂGE ?
J'AI PAS ENVIE DE REPARLER DE TOUT ÇA.
TU FAIS COMME TU VEUX.
CIAO.

MONSIEUR.
OUI, DÉSOLÉ.
SI ÉVA VA BIEN, JE VAIS Y ALLER.
ÉVIDEMMENT.
ELLE VOUS AVAIT DONNÉ COMBIEN, CATHERINE, LA DERNIÈRE FOIS ?
50 EUROS. MAIS J'AI JUSTE FAIT 2 HEURES...
TENEZ.
VOUS ÊTES SÛR ?
POUR LE CHEMISIER, JE PEUX VOUS LE RENDRE DEMAIN, SI VOUS VOULEZ ?

C'EST BON, C'EST PAS PRESSÉ.
JE VOUS APPELLE.
OUI, ON VOIT ÇA...
MERCI, RENTREZ BIEN.

DÉJÀ ?
ATTENDS. JE POSE JUSTE UN TRUC.
Y A LA SAISON 2 DE "BLACK BAY".

ET J'AI CHOPÉ LE DERNIER ÉPISODE DE "GOD OF GAME".
AH, SUPER !
C'ÉTAIT BIEN, TON BABY-SITTING ?
EN FAIT, ILS SONT RENTRÉS PLUS TÔT, LA PETITE ÉTAIT MALADE.
AH, ZUT !

MA FILLE CHÉRIE.
ALORS, PARIS EST TOUJOURS AUSSI POLLUÉE ?

TU AS FAIT BON VOYAGE ?
T'AS PAS BONNE MINE.
ET COMMENT VA THOMAS ?
BIEN, IL AVAIT UN ANNIV' PRÉVU DEPUIS LONGTEMPS.
ET TOI, TU LE LAISSES FAIRE LA BRINGUE, COMME ÇA ?
JE TE CHARRIE.
D'AILLEURS, SES PARENTS VONT BIEN ?
OUI, OUI.
ON LES A VUS IL Y A TROIS SEMAINES.

JE SENTAIS QUE ÇA PIQUAIT UN PETIT PEU, J'AI MIS DE L'HUILE ESSENTIELLE...
... EH, BAH, C'EST PARTI.
ET ÇA MARCHE AUSSI AVEC LE VENTRE.
ET AUSSI POUR LES RHUMATISMES ET L'ARTHROSE...
TIENS, AU FAIT, J'AI FAIT UN BABY-SITTING L'AUTRE SOIR, CHEZ LES MARGUET.
AH OUI ! ET COMMENT ÇA S'EST PASSÉ ?
EH BIEN, LA PETITE ÉTAIT MALADE.
OH, BIQUETTE, QU'EST-CE QU'ELLE AVAIT ?
ELLE ÉTAIT TRÈS CHAUDE ET TREMPÉE.

ÇA, C'EST UNE INDIGESTION.
QU'AVAIT-ELLE MANGÉ ?
BAH, JE LUI AI FAIT DU JAMBON ET DES PÂTES.
C'EST PEUT-ÊTRE LE JAMBON.
IL ÉTAIT FRAIS.
OUI, MAIS, IL SUFFIT QUE LA CHAÎNE DU FROID AIT ÉTÉ ROMPUE...
ET DONC, ELLE A VOMI SUR MON HAUT.
DÉSOLÉE, ET PATRICK M'A DONNÉ UN CHEMISIER QUI APPARTIENT À SA FEMME.
MERCI, ON EST À TABLE !
BAH, C'EST GENTIL, ÇA.
OUI, C'EST UN TRÈS BEAU CHEMISIER EN SOIE, DE COULEUR PERLE, AVEC UN JOLI COL.
D'AILLEURS, JE LUI AI LAISSÉ UN MESSAGE POUR LUI RENDRE, MAIS IL N'A PAS ENCORE RÉPONDU.
À TA PLACE, JE L'EMMÈNE-RAIS AU PRESSING, LA SOIE, C'EST TRÈS DÉLICAT.
BAH, SI ELLE L'A MIS UNE HEURE, ÇA VA, IL EST PAS SALE.
QUAND MÊME, LA MOINDRE DES CHOSES, C'EST DE LE RENDRE PROPRE.
RCM

MA PUCE.
TU VEUX PAS VENIR DANS LE JARDIN ? TU SERAS MIEUX POUR RÉVISER.
IL Y A TROP DE VENT DEHORS.
T'ES SÛRE ?
J'AI UN ORAL DEMAIN, FAUT QUE JE PRÉPARE AU CALME.
C'EST BIEN, TRAVAILLE BIEN.

P. Marguet
BONJOUR, C'EST SÉVERINE, JE VOUS AI LAISSÉ UN MESSAGE À PROPOS DU CHEMISIER. CE WEEK-END, JE NE SUIS PAS À PARIS, MAIS LUNDI JE POURRAI VOUS LE RENDRE.
DONC, DITES-MOI, QUAND VOUS AUREZ CE MESSAGE, JE PEUX VENIR LE MATIN, OU EN FIN D'APRÈS-MIDI. VOILÀ.
MERCI, BONNE JOURNÉE.

C'EST BIZARRE, L'ÉPISODE 5, IL FAIT 47 MINUTES, AU LIEU DES 58 MINUTES...

DZZZZ
TUIT
BUIT
j'Y VAIS.
OK.
BON COURAGE POUR TON ORAL.

"TU ME DIS QUE TU N'AS PAS DE FEMME. C'EST MA FOI FORT SAGE, VU QUE JE REGARDE CETTE ESPÈCE COMME ASSEZ STUPIDE, LA FEMME EST UN ANIMAL VULGAIRE DONT L'HOMME S'EST FAIT UN TROP BEL IDÉAL..."
"... LE GOÛT DE LA STATUAIRE REND MASTURBATEUR, LA RÉALITÉ NOUS SEMBLE IGNOBLE."
NOUS NOUS PENCHERONS SUR CETTE REMARQUE DE FLAUBERT, LA SEMAINE PROCHAINE.
SORTIE
IL FAUT MODIFIER QUELQUE PEU LA PORTÉE DE L'INJURE : FLAUBERT S'EST SOUVENT DÉSIGNÉ LUI-MÊME COMME UNE BÊTE,
LE SENS PÉJORATIF DU TERME "ANIMAL" EST DONC À RELATIVISER.

SUR CE... NOUS ALLONS PASSER AUX ORAUX...
ALORS...
MERDE.
MERDE...
OH NON, ME DIS PAS QUE J'AI OUBLIÉ...
EH BIEN, COMMENÇONS PAR...
SÉVERINE ARMAND.
SI VOUS VOULEZ BIEN DESCENDRE.

MADEMOISELLE ARMAND... S'IL VOUS PLAÎT.
MON PLAN...
MERDE.
ALLEZ, IL Y EN A D'AUTRES APRÈS VOUS.
QUELLE CONNE !
OUI, J'ARRIVE.
ON SE DÉPÊCHE, MERCI.

BRILLANT.

VOILÀ CE QU'ON ATTEND D'UN COMMENTAIRE !
PARTIES ÉQUILIBRÉES, PROGRESSION DE LA PENSÉE.
ELLE NE NOUS BOMBARDE PAS D'UNE TERMI-NOLOGIE.
ELLE NE NOUS FAIT PAS LA LISTE DES FIGURES DE STYLE.
ELLE NOUS FAIT VIVRE LE TEXTE.
ELLE N'A PAS NON PLUS LES YEUX RIVÉS SUR SES NOTES.
ELLE CONNAÎT SON SUJET, ELLE SAIT OÙ ELLE VA.
TRÈS FIN, TOUT EN NUANCES.

VRAiMENT, CHAPEAU.
C'ÉTAiT PARFAiT.
MERCi.
VOUS POUVEZ REMONTER.
BON... SUiVANTE.
ESTHÈRE BOURDiN.

SINCÈREMENT... C'ÉTAIT BRILLANT.
MAIS, RAPPELEZ-MOI, C'EST LA PREMIÈRE FOIS QUE VOUS PASSEZ L'AGRÈG' ?
OUI, TOUT À FAIT.
C'ÉTAIT LIMPIDE... D'UNE GRANDE QUALITÉ.
MERCI.
JE DOIS VOUS LAISSER, MAIS JE PARTICIPE À DES LECTURES À LA MAISON DE LA POÉSIE.
SI ÇA VOUS DIT DE PASSER ?

... SUR LA MESSAGERIE DE PATRICK MARGUET...

EXCUSEZ-MOI DE VOUS IMPORTUNER...
AURIEZ-VOUS PAR LE PLUS GRAND DES HASARDS, UN BRIQUET ?

DÉSOLÉE, JE NE FUME PAS.
PARDONNEZ-MOI, MAIS JE N'AI PU M'EMPÊCHER D'APERCEVOIR QUE VOUS LISIEZ "L'HOMME QUI RIT" DE VICTOR HUGO, EXCELLENT OUVRAGE AU DEMEURANT... SERIEZ-VOUS ÉTUDIANTE ?
OUI.
EN LETTRES MODERNES, J'IMAGINE ?
TOUT À FAIT.
JE SUIS MOI-MÊME EN HISTOIRE.
MAIS PEUT-ÊTRE QUE JE VOUS DÉRANGE ?
NON, MAIS JE DOIS FINIR CE LIVRE.
JE COMPRENDS. BONNE LECTURE.
ET JE VOUS SOUHAITE PAR LA MÊME OCCASION UNE AGRÉABLE JOURNÉE.

+2
ET DONC, JE REFAIS MON ATTAQUE.
ATTENDS.
Y A PAS ÉCRIT QUE TU PEUX REFAIRE TON ATTAQUE DANS LE MÊME TOUR.
KLANG !
MÊME SI J'AI PAS ÉPUISÉ MON ARME ?
FAUT QUE JE REGARDE.
EN PLUS J'AI WIND FURRY, JE PEUX TAPER DEUX FOIS ?
SALUT, SÉVE...

SALUT, LES GARÇONS, VOUS JOUEZ À QUOI ?

J'TE DÉRANGE PAS.
C'EST UN NOUVEAU JEU, ON GALÈRE UN PEU SUR LES RÈGLES.
DÈS QU'ON REFAIT UNE PARTIE, TU VEUX JOUER AVEC NOUS ?
C'EST GENTIL, MAIS J'VAIS LIRE UN PEU.

AH ! SIMON, EN FAIT, TU PEUX PAS !
DONC, C'EST À MOI...

OH ! SIMON, REGARDE !
HEIN ? QUOI ?
BAH, J'T'AI BOUFFÉ TON PION, T'ES ÉLIMINÉ.
AH, OUAIS... J'M'EN FOUS.
ALLEZ, ÇA VA... SOIS PAS MAUVAIS JOUEUR !
OK, JE RELANCE MES DÉS D'ATTAQUE...
ET BOUM !

TU LIS QUOI ?
HUGO.
C'EST PAS AU PROGRAMME DU LYCÉE, NORMALEMENT ?
ET LES P'TITS CHEVAUX, C'EST PAS AU PROGRAMME DU CP, ÇA ?

J'TE CHARRIE. QUI C'EST QUI GAGNE ?
BAH, C'EST TON MEC.
REGARDE.
SÉVERINE, PORTE-MOI CHANCE !
ALLEZ !
ET BOUM ! HA HA !

RENTREZ BIEN, ON SE REFAIT ÇA UNE PROCHAINE FOIS.
CIAO.
PIOUU... IL EST MINUIT ET DEMI...
ON PEUT SE FAIRE L'ÉPISODE 4 DE "STAR CITY" ! T'ES CHAUDE ?

JE LANCE LE TÉLÉCHARGEMENT ET C'EST BON.
J'VAIS M'PRENDRE UNE DOUCHE.
IL Y EN A JUSTE POUR CINQ MINUTES.

TU VEUX PAS REGARDER ?
EN FAIT, J'CROIS QUE JE SUIS CREVÉE.

ALLÔ, BONJOUR, C'EST SÉVERINE.
BONJOUR, SÉVERINE.
C'ÉTAIT POUR LE CHEMISIER.
AH OUI, C'EST VRAI...

JE NE SUIS PAS LÀ DE LA SEMAINE...
JE PEUX PEUT-ÊTRE VOUS LE DÉPOSER À VOTRE TRAVAIL ?
ÉCOUTE, GARDE-LE, ON VERRA LA PROCHAINE FOIS, C'EST PAS PRESSÉ.
DÉSOLÉ, JE DOIS RACCROCHER. BONNE JOURNÉE, SÉVERINE.
BONJOUR, SÉVERINE.

VOUS N'ÊTES PAS VENUE À LA MAISON DE LA POÉSIE.
NON, DÉSOLÉE, MAIS JE RÉSERVE POUR LA PROCHAINE FOIS.
IL VOUS VA TRÈS BIEN, CE CHEMISIER. C'EST CELUI QUE VOUS PORTIEZ LA DERNIÈRE FOIS ?
OUI, J'AIME BEAUCOUP CETTE MARQUE, J'EN AI... PLUSIEURS.
BIEN.
VOUS DONNEZ COURS DE SUITE ?
NON, J'AI UN BATTEMENT D'UNE DEMI-HEURE.
J'AURAIS VOULU VOUS PARLER DE QUELQUE CHOSE.

DANS CE CAS, ALLONS À MON BUREAU.

ASSEYEZ-VOUS, JE VOUS EN PRIE.

IL EST CHOUETTE, VOTRE BUREAU.
EN FAIT... JE... JE NE DEVRAIS PAS ÊTRE LÀ...
J'AI UN RENDEZ-VOUS.
PARDON.
J'AI ENVIE DE VOUS, SÉVERINE.

DEPUIS QUE JE VOUS AI VUE LUNDI, JE PENSE À VOUS TOUT LE TEMPS.
JE DOIS RENTRER CHEZ MOI, JE SUIS DÉSOLÉE...
VOUS ALLEZ M'EN VOULOIR ?
BIEN SÛR QUE NON.
VOUS ÊTES LIBRE, ET ÇA NE CHANGERA RIEN ENTRE NOUS.
MERCI...
DÉSOLÉE.

MADAME, VOUS LISEZ QUOI ?

"L'HOMME QUI RIT", DE VICTOR HUGO.
VOUS VOULEZ PAS ME RACONTER VOTRE LIVRE, MOI J'EN AI JAMAIS LU.
J'EN SUIS AU DÉBUT... MAIS POUR L'INSTANT.
T'AS PAS UNE CIGARETTE ?
AH NON, DÉSOLÉE, JE NE FUME PAS.
PFF...
VAS-Y, T'ES CHEUM.
NON MAIS, OH, J'VOUS PERMETS PAS.
SALOPE !

MADEMOISELLE, EXCUSEZ-MOI.
CES TYPES VOUS ONT IMPORTUNÉE ?
OUI, ILS VIENNENT DE M'INSULTER.
HÉ, LES GARS.
OUAIS, VOUS.
QUOI ?

NON, MAIS...
ATTENDEZ...
CHOPE-LE.
FILS
DE PUTE.

MAISON DE LA POES

Thomas
ALLÔ, THOMAS.
AH, SÉVERINE... T'ES OÙ ?
J'ÉTAIS À LA BIBLI...
BAH, ON EST AU TY BAR POUR L'ANNIV' D'ARNAUD.
AH... OK...
J'SUIS LÀ DANS CINQ MINUTES...

T'AS PAS VU QUE j'AVAIS ESSAYÉ DE T'APPELER ?
NON. DÉSO-LÉE.
PAS GRAVE, AU FAIT, POUR LE POT COMMUN, j'AI MIS 30 EUROS, COMME ÇA...
ATTENDS.

EN FAIT, JE SAIS PAS TROP SI J'AI ENVIE D'Y ALLER.
DE QUOI ?
J'CROIS QUE J'AI ENVIE DE REPASSER À LA MAISON PRENDRE UNE DOUCHE.
J'AI RIEN MANGÉ DE LA JOURNÉE.
BAH, SI TU VEUX, ILS FONT DES PLANCHES DE FROMAGES OU DE CHARCU-TERIE. VIENS.
NON, TOI, VAS-Y.
ALLEZ, VIENS, S'IL TE PLAÎT.
ATTENDS, MAIS QU'EST-CE QUE VOUS EN AVEZ À FOUTRE QUE JE VIENNE OU PAS ?
CALME-TOI, C'EST JUSTE QUE, JE SAIS PAS, Y A TOUT LE MONDE.
VRAIMENT, QU'EST-CE QUE ÇA PEUT BIEN VOUS FOUTRE ?
SÉVERINE, QU'EST-CE QUI SE PASSE ? T'AS PASSÉ UNE MAUVAISE JOUR-NÉE ?
BOSPHORE 2000
DEUX SECONDES.

EXCUSEZ-MOI.
EXCUSEZ-MOI !
VOUS AURIEZ UNE CIGARETTE ?
SÉVERINE.
S'IL VOUS PLAÎT.
UNE CIGARETTE ?

UNE CIGARETTE ? MAIS TU NE FUMES PAS.
LÂCHE-MOI.
VOUS N'AURIEZ PAS DU FEU, AUSSI ?
HÉ HÉ.
VOUS FAITES QUOI CE SOIR ?

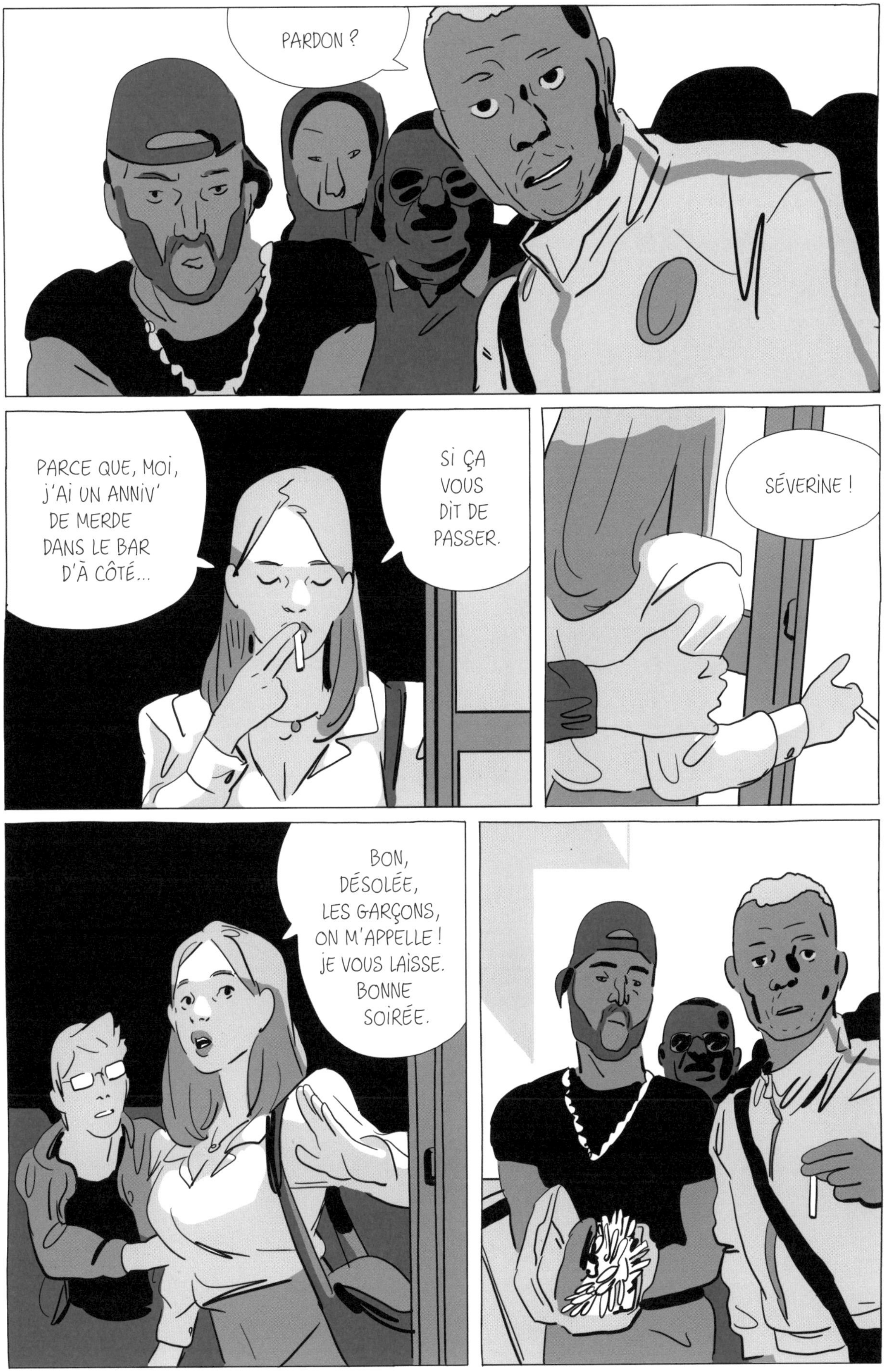
PARDON ?
PARCE QUE, MOI, J'AI UN ANNIV' DE MERDE DANS LE BAR D'À CÔTÉ...
SI ÇA VOUS DIT DE PASSER.
SÉVERINE !
BON, DÉSOLÉE, LES GARÇONS, ON M'APPELLE ! JE VOUS LAISSE. BONNE SOIRÉE.

IL Y A UN PROBLÈME ?
AUCUN PROBLÈME. ON VA PASSER UNE SUPER SOIRÉE.

T'ES SÛRE ?
TU PEUX ME PRENDRE UN VERRE, S'IL TE PLAÎT ?
TU VEUX QUOI ?
UN DEMI.

SALUT, SÉVERINE !
SALUT.
TU VIENS D'ARRIVER.

OUI... MAIS...
... J'ALLAIS PARTIR.

AH ! C'EST UN BONJOUR AU REVOIR !
OUAIS.
AU REVOIR.

TOC
TOC
DZZZZiii
EXCUSEZ-MOi, EST-CE QUE VOUS PASSEZ PAR BELLEViLLE ?
J'SUIS FLIC, MADEMOiSELLE.

AVEC LA PLUIE, ÇA M'ARRANGERAIT.
CLANG.
MERCI.
DÉSOLÉE, J'VAIS METTRE DE L'EAU PARTOUT.
PAS TRÈS GRAVE.
VOUS FUMEZ ?

AVEC PLAISIR.
VOUS SORTIEZ, CE SOIR ?
J'ALLAIS À UN DÎNER CHEZ DES AMIS...
... AVANT DE DEVENIR TAXI.
IL Y A UN CENDRIER ?
IL EST PLEIN,
FOUTEZ LES CENDRES PAR TERRE...
... CETTE CAISSE, C'EST UNE CHIOTTE.

J'VOUS DÉPOSE AU MÉTRO ?
OUi, PARFAIT... MERCi.
SiNON, JE ME DiSAiS...
VOUS POURRiEZ M'ACCOMPAGNER ET VENiR AU DÎNER AVEC MOi.
DANS CET ÉTAT ?
JE SUiS TREMPÉE.
VOUS POUVEZ MONTER CHEZ VOUS.
VOUS CHAN-GER.

j'POURRAIS Y ALLER COMME ÇA, AUSSi.
MOi, ÇA NE ME DÉRANGE PAS.
JE VOUS TROUVE TRÈS BELLE.

AH!
ALi !
JE TE PRÉSENTE SÉVERINE.
C'EST UNE BONNE AMIE ET JE ME SUIS PERMIS.
TU AS BIEN FAIT.

Fumer tue
ET TU FAIS QUOI, SÉVERINE ?
VOUS VOUS ÊTES RENCONTRÉS COMMENT ?
PAR HASARD, EN MONTANT DANS SA VOITURE.
HA HA HA.
TOI, ALI...
... TU LAISSES MONTER DES JOLIES FILLES DANS TON TAS DE BOUE.
OH, ÇA N'A PAS EU L'AIR DE LA DÉRANGER.

ET LE BOULOT ?
C'EST TENDU.
À CE POINT-LÀ ?
ÇA VA PÉTER BIENTÔT.
LÀ ? DANS LES JOURS QUI VIENNENT ?
PARIS.
BRUXELLES.
LONDRES.
ÇA S'EXCITE DE PARTOUT.
ET LES TYPES ?
ON LES CONNAÎT, MAIS ON PEUT PAS SURVEILLER TOUT LE MONDE.
N'IMPORTE QUI, N'IMPORTE OÙ...
ÇA VA PÉTER.

QUELQU'UN REVEUT DU GÂTEAU ?
CHRISTELLE ?
KLING
MERDE.
BRAVO, JEAN-MARC !
J'SUIS DÉSOLÉ.
C'EST QUOI, DE LA SOIE ?
OUI.
VIENS, ON VA ALLER DANS LA CUISINE.
TOUCHE PAS.

MERDE.
MERDE.
IL FAUT METTRE DU GROS SEL.
EN FAIT, IL EST PAS À MOI CE CHEMISIER.
TU VAS VOIR, ON VA JUSTE ABSORBER.
T'ES SÛRE QUE ÇA MARCHE ? SINON JE LE METS AU PRESSING.
COMME TU VEUX.
À TA PLACE, JE L'ENLÈVERAIS, JUSTE UN PEU DE VINAIGRE, ON FROTTE LÉGÈREMENT.
ET APRÈS, J'LE METS À LA MACHINE, ET JE TE FILE UN T-SHIRT.
ÉCOUTE, ON VA RIEN FAIRE.
J'VAIS LE GARDER ET JE L'EMMÈNERAI AU PRESSING.

BAH ALORS, ÇA PART PAS ?
NON.
D'AILLEURS, JE VAIS PEUT-ÊTRE Y ALLER.
MAINTENANT ? TU VEUX QUE JE TE RACCOMPAGNE ?
J'AI DU BOULOT. J'VAIS ME CHOPER UN TAXI.

OK, J'AI MON SAC.
BONNE SOIRÉE À TOUS...
ET MERCI BEAUCOUP POUR LE REPAS.

PUTAIN !
HEP !

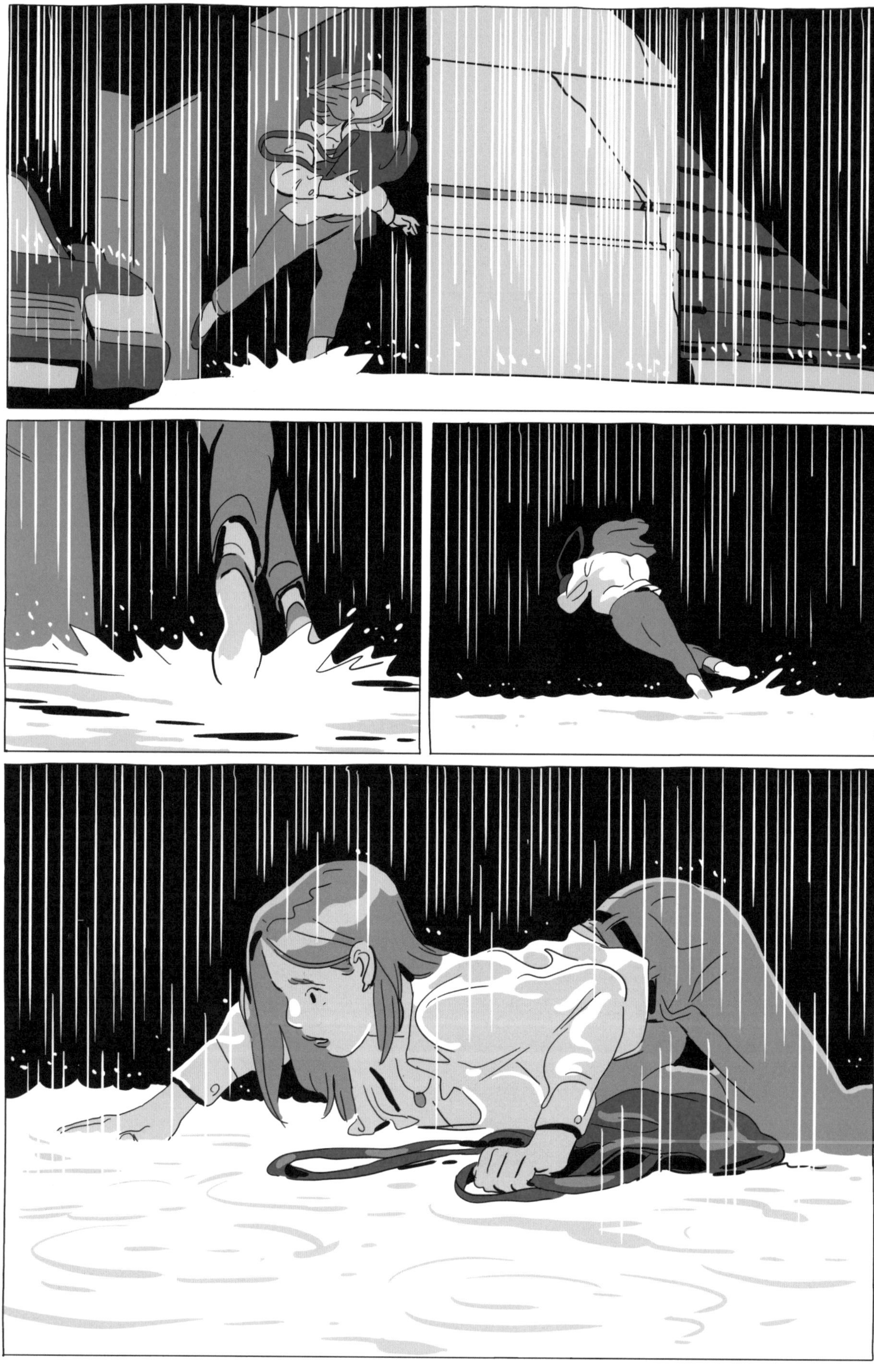

ENLÈVE-LE.
NON, ATTENDS.

NON.
HAAAAN.

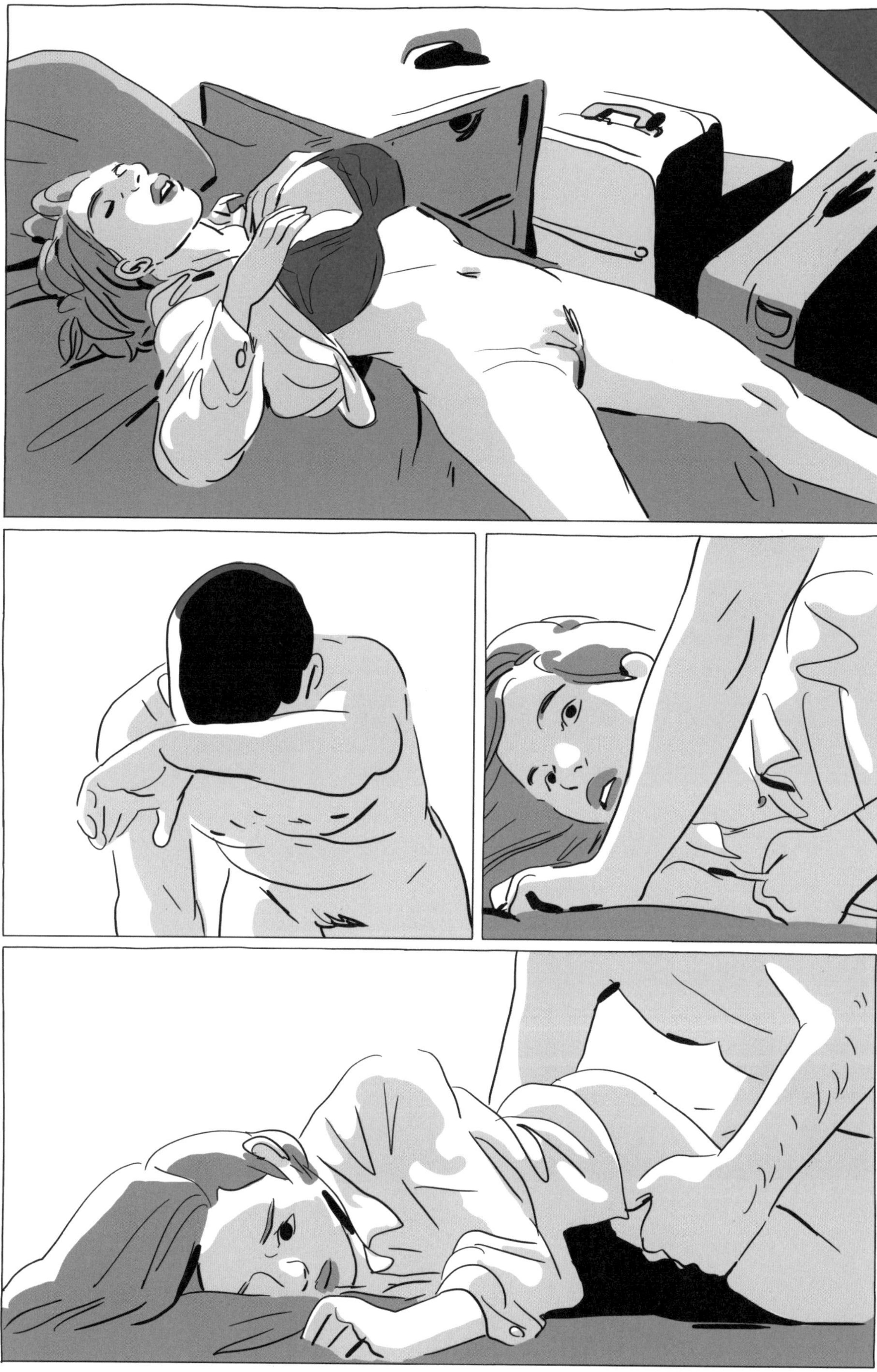

ÇA VIENT.
HAAAN MM...

MERDE.
ALI ?
OUI.
TU TRAVAILLES, DEMAIN ?
MMH...
OUAIS.
J'AI ENVIE DE PASSER LA JOURNÉE AVEC TOI.
MAIS IL FAUDRAIT QUE JE REPASSE PAR CHEZ MOI. J'AI RIEN À ME METTRE.

ON PEUT AUSSI FAIRE DES COURSES DEMAIN MATIN.
COMME ÇA, TU N'ES PAS OBLIGÉE DE REPASSER CHEZ TOI.
J'AI PAS D'ARGENT NON PLUS.
UN T-SHIRT, UNE CULOTTE, ÇA COÛTE PAS PLUS DE DIX BALLES.
JE NE PORTE QUE DE LA SOIE.
TU COMMENCES À ME PLAIRE, TOI.
J'VAIS RENTRER, MAIS JE T'APPELLE.

T'ES VRAIMENT JOLIE.
MERCI.

KLANK
NON MAIS...
T'ÉTAIS OÙ ?
DÉSOLÉE, JE NE VOULAIS PAS TE RÉVEILLER.
T'AS VU DANS QUEL ÉTAT T'ES ?...
ON DIRAIT UNE POUILLEUSE.

J'AI APPELÉ TES PARENTS. J'AI APPELÉ TOUT LE MONDE...
J'VAIS Y ALLER.
NON, ATTENDS ! TU T'EN VAS PAS !
LÂCHE-MOI.
CRRR..

AH, MAIS PUTAIN !
T'ES CON !
J'AI PAS TIRÉ FORT...
... DÉSOLÉ.
IL EST FOUTU, LÀ.
TU FAIS VRAIMENT CHIER.
T'ÉTAIS OÙ ?

iL EST NOUVEAU, CE SOUTiF ?
NON, ÇA FAiT QUATRE ANS QUE JE L'Ai.
Agnès Michel
JE T'APPELLE.
KIANK.

25 27
AGNES MICHEL
AGNES MICHEL
CAI
C'EST PAS VRAI...
CHERS AMIS CLIENTS.
C'EST AVEC REGRETS QUE NOUS VOUS ANNONÇONS LA FERMETURE DÉFINITIVE DU MAGASIN.
MERCI POUR TOUTES CES ANNÉES PARTAGÉES.

H&M

VOUS CHERCHEZ QUELQUE CHOSE EN PARTICULIER ?
PAS GRAND-CHOSE.
&

C'EST FOU CE QU'ON PEUT VENDRE COMME MERDES AUX GENS.
JE NE DEVRAIS PAS ÊTRE LÀ...
ÇA VA PÉTER.

ÇA VA PÉTER, C'EST QU'UNE QUESTION DE JOURS...
... VOIRE QU'UNE QUESTION D'HEURES.
PLUS AUCUN DÉPLACEMENT, ÇA S'AFFOLE.
ALI ?
J'PEUX RESTER AVEC TOI ?

UNE JOLIE FILLE N'A RIEN À FAIRE SUR LE TERRAIN.
TU PARLES...
J'AI PAS PRIS DE DOUCHE DEPUIS DEUX JOURS...
... ET MES FRINGUES PARTENT EN LAMBEAUX.
T'ES BELLE.
SI TU LE DIS...
... MAIS PERMETS-MOI FORTEMENT D'EN DOUTER.

P'TÊTRE QUE SI JE TE LE DIS, C'EST QUE C'EST VRAI.
P'TÊTRE QUE TU DEVRAIS DÉMARRER TA CAISSE.

RESTE DANS LA VOITURE...
... J'DOIS VOIR QUEL-QU'UN.
J'VEUX VENIR AVEC TOI.
MAUVAISE IDÉE, TU FERAIS UN PEU TACHE, LÀ-BAS.

10:31
Thomas, Papa ...
Appels manqués (12)

KLONK
KLONK
KLONK

POC
...
HAAAAAN...

KLANK!
ILS ONT CHOPÉ DEUX TYPES AVEC DES BOMBONNES.

J'TE LÂCHE AU PREMIER MÉTRO.
NON, JE VEUX RESTER AVEC TOI.
FAIT CHIER, PUTAIN DE MERDE !

ON VA OÙ ?
J'TE DÉPOSE À BELLEVILLE. MOI, J'AI DU BOULOT.
J'RETOURNE PAS À BELLEVILLE.
J'RESTE AVEC TOI.
HORS DE QUESTION.

OK. ALORS DÉPOSE-MOI ICI.
NON, J'TE RAMÈNE CHEZ TOI.
OUAIS, NICO, J'AI VU.
ON SAIT QUI C'EST ?
GARE DE L'EST
TOC !

ATTENDS, REVIENS !
LÂCHE ÇA !
CRAAAAC !

SÉVERINE, FAIS PAS LA CONNE.
NICO !
J'TE RAPPELLE PLUS TARD.

11h26 Coulommiers
11h31 Meaux
11h46 Château-Thierry
11h58 Provins
OH!

TU JOUES À QUOi ?
CIAC
TU TE FOUS DE MA GUEULE !
POURQUOi T'AS DÉCHiRÉ MA CHEMiSE ?

POURQUOI !
CALME-TOI OU J'T'EN COLLE UNE !
J'TE JURE !
M'OBLIGE PAS !
OK !
POURQUOI T'AS FAIT ÇA ?
J'TE RAMÈNE CHEZ TOI.

KLANK
THOMAS ?

Ziiiiip

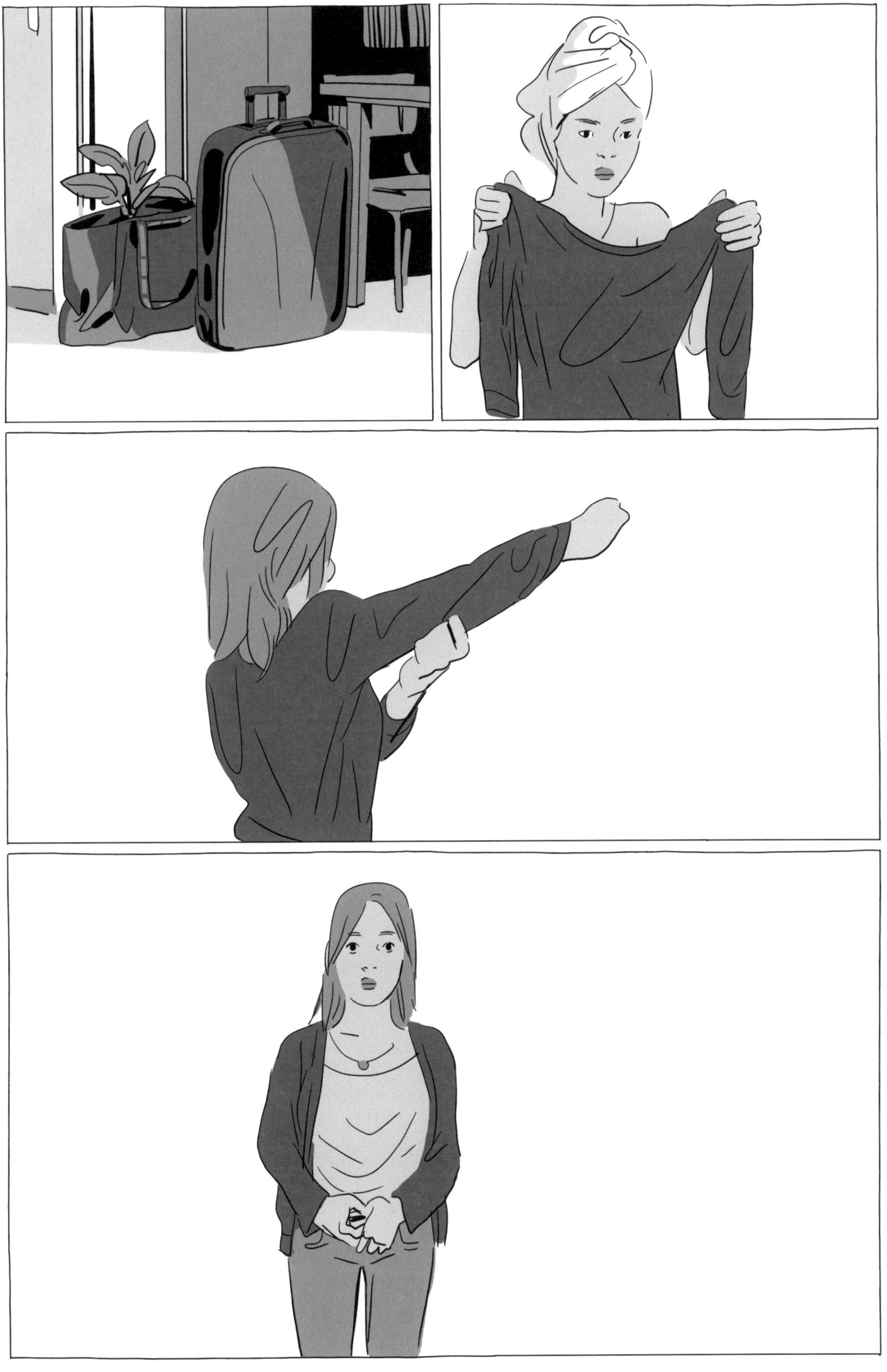

PSCH

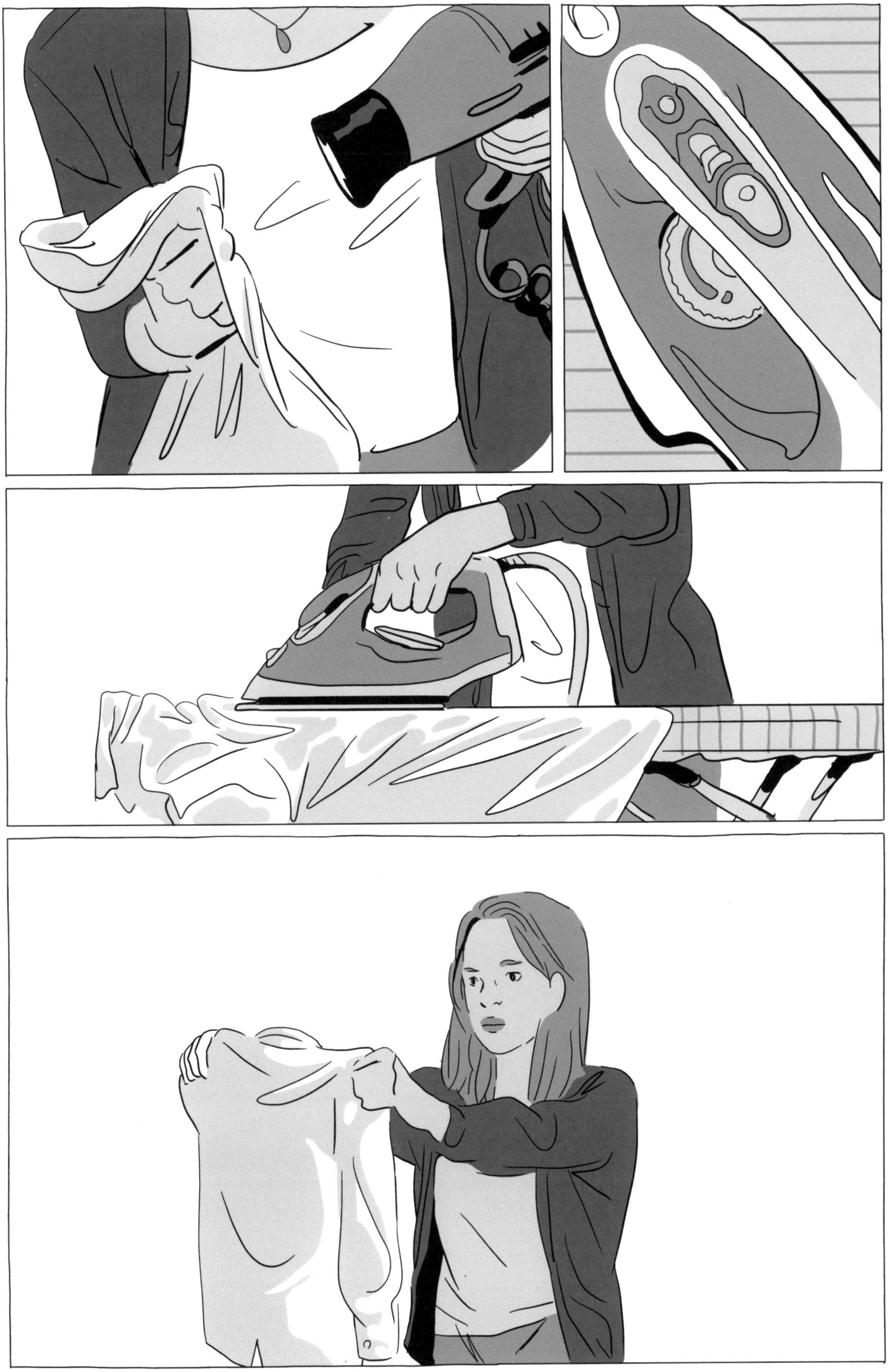

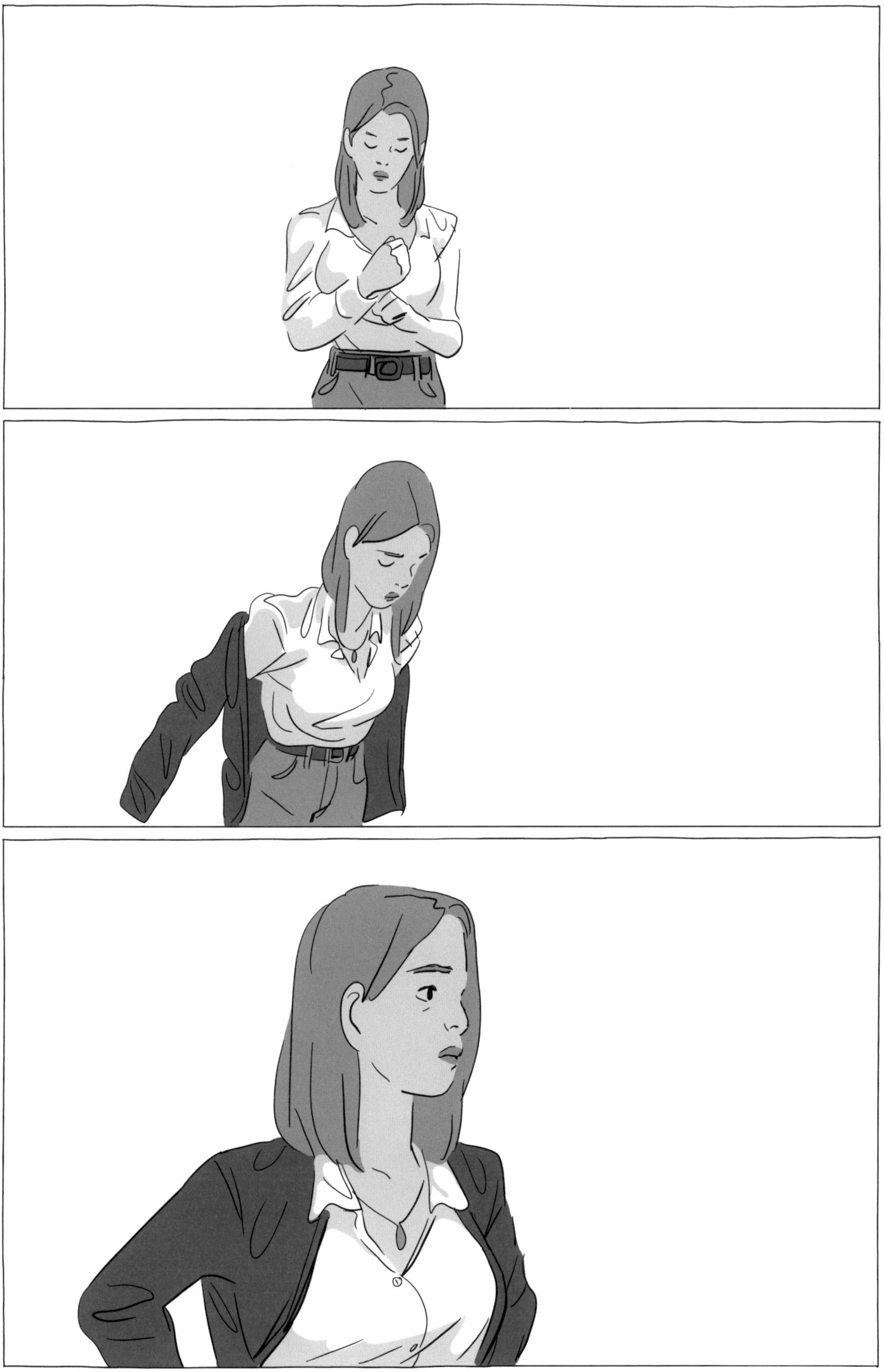

NCY
STRASBOURG
DUC
MEAUX
LMAR
PROVINS
MIERS
CHÂTEAU-THIERR

ALLAHU AKBAR !

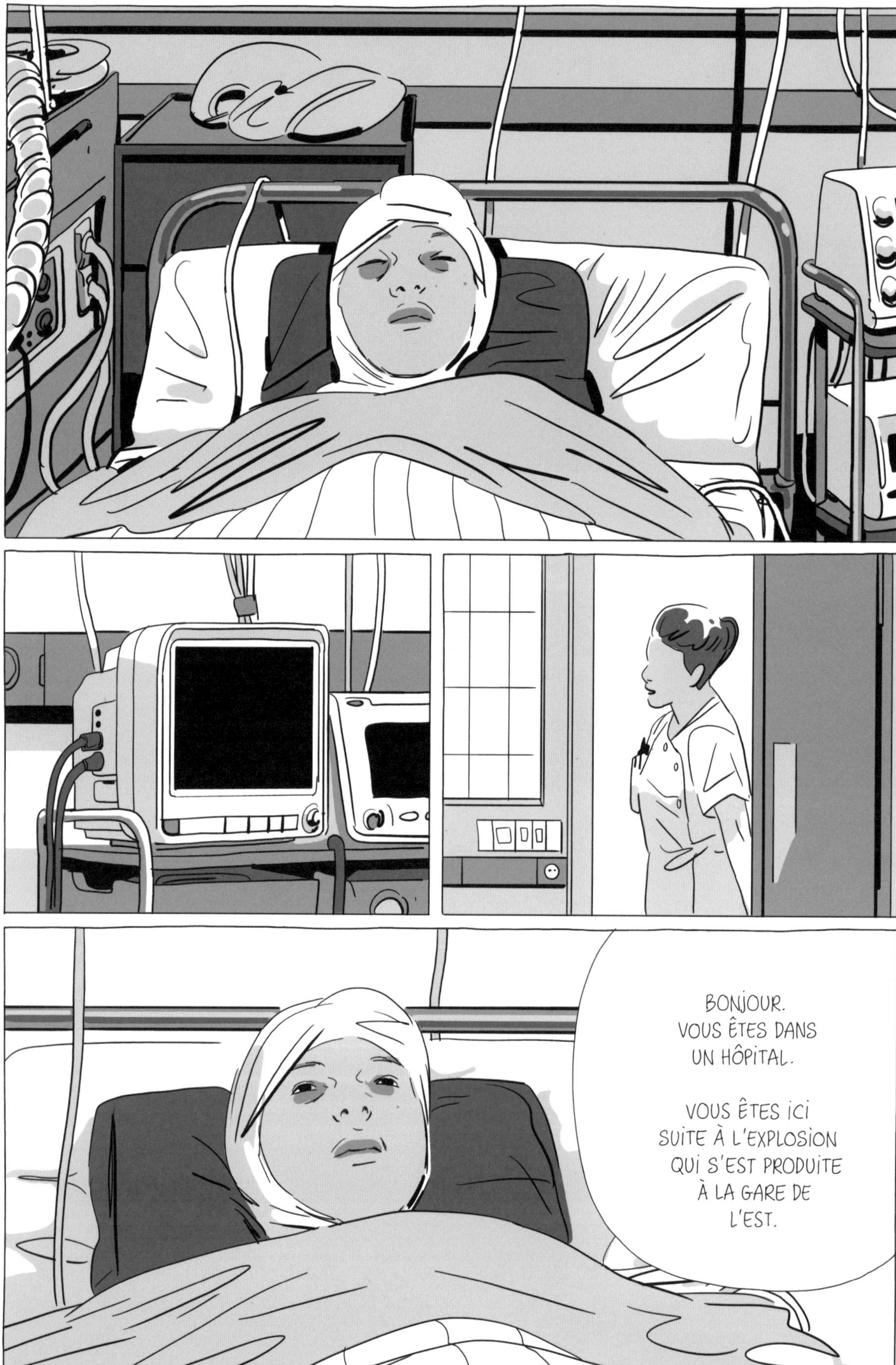
BONJOUR. VOUS ÊTES DANS UN HÔPITAL.
VOUS ÊTES ICI SUITE À L'EXPLOSION QUI S'EST PRODUITE À LA GARE DE L'EST.

VOUS AVEZ PERDU CONNAISSANCE APRÈS AVOIR SUBI UN CHOC À LA TÊTE.
VOUS AVEZ UN LÉGER TRAUMA CRÂNIEN ET QUELQUES BLESSURES SUPERFICIELLES.
ON A CONTACTÉ VOS PARENTS, ILS ARRIVENT.
EST-CE QU'IL Y A D'AUTRES PERSONNES À PRÉVENIR ?
JE PORTAIS UN CHEMISIER.

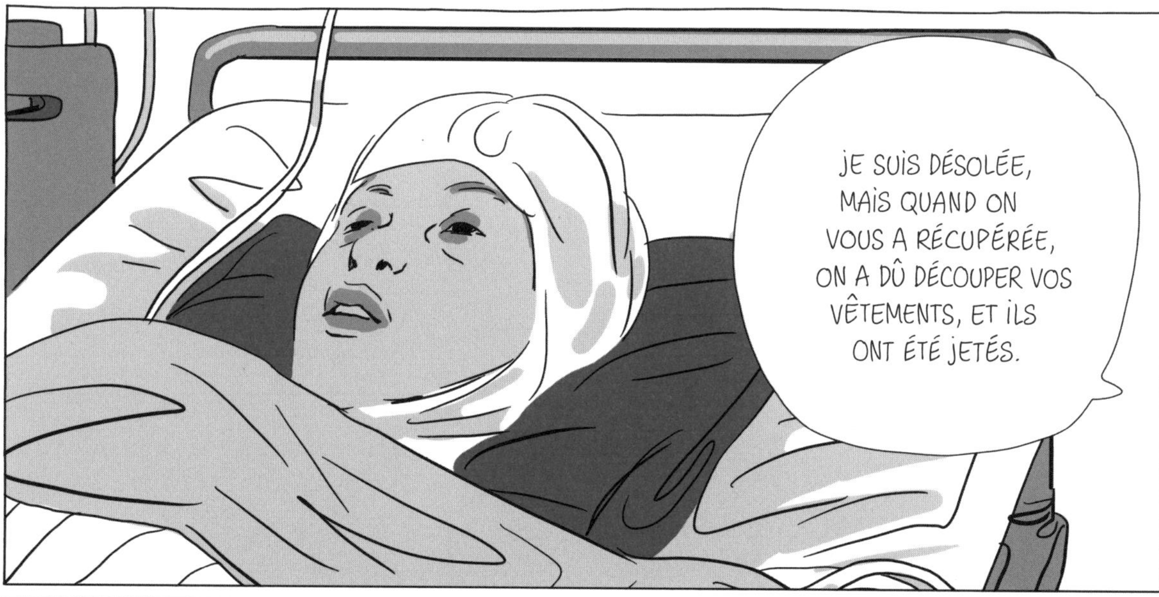
JE SUIS DÉSOLÉE, MAIS QUAND ON VOUS A RÉCUPÉRÉE, ON A DÛ DÉCOUPER VOS VÊTEMENTS, ET ILS ONT ÉTÉ JETÉS.

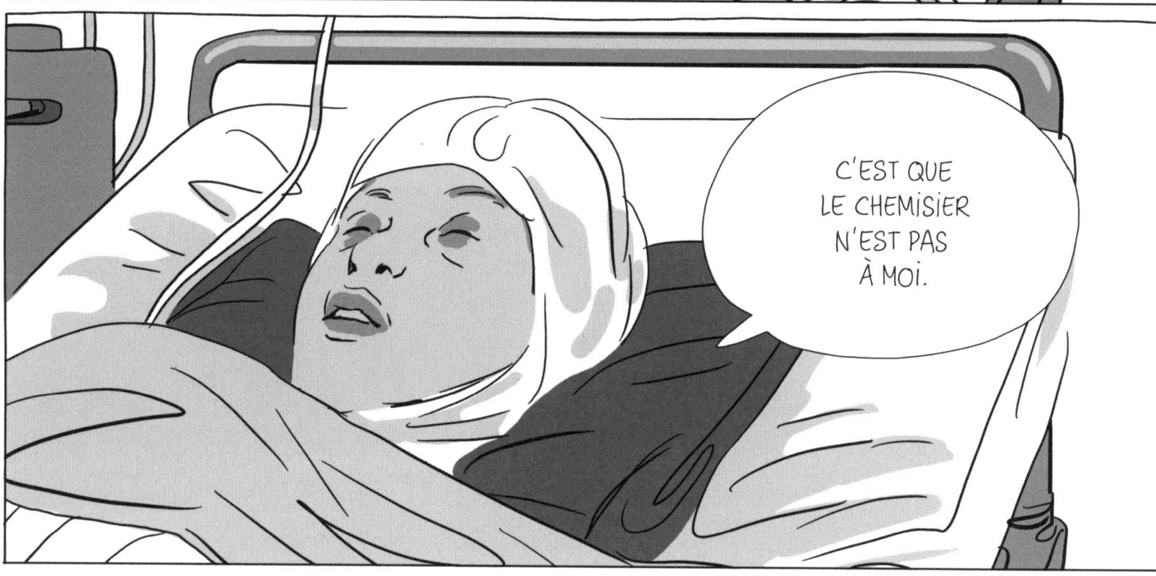
C'EST QUE LE CHEMISIER N'EST PAS À MOI.

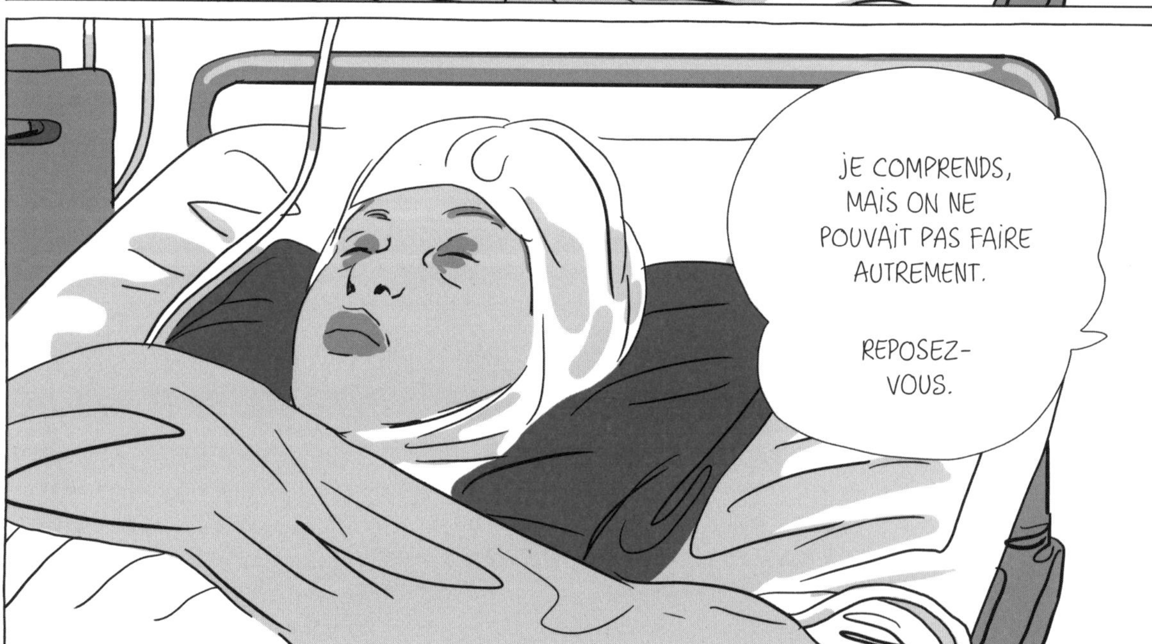
JE COMPRENDS, MAIS ON NE POUVAIT PAS FAIRE AUTREMENT.
REPOSEZ-VOUS.

SIX MOIS
PLUS TARD.

ET AU VIÊTNAM, ÇA COÛTE UN EURO, ET ICI, ÇA COÛTE CINQ EUROS.
ET C'EST PAS QUE LA BIÈRE, Y A AUSSI L'ALCOOL QUI EST MOINS CHER.
TU FUMES ?
NON, MAIS JE PEUX T'ACCOMPAGNER.

ET TES EXAMS, C'EST QUAND ?
L'ÉCRIT EN MARS ET L'ORAL EN JUIN.
C'EST LA 1RE FOIS QUE T'UTILISES TINDER ?
YES.
NON, J'PLAISANTE.
MAIS JE L'UTILISE PAS "FRÉNÉTI-QUEMENT".
J'AI UN POTO, PAR CONTRE, IL EST COMPLÈ-TEMENT ACCRO.
AH OUAIS.

SOLDE
-30
ALLÔ, MAMAN.
SOL
J'PENSAIS VENIR VOUS VOIR AVANT LES ORAUX.

COMME ÇA, JE PEUX ME PRÉPARER AU CALME.
C'EST GENTIL.
LES PROFS CONSEILLENT DE FAIRE UN...
...
Agnès Michel

ATTENDS, MAMAN, J'TE RAPPELLE...
EXCUSEZ-MOI...
OUI.
VOUS N'AVEZ QUE CELUI-LÀ DE CETTE MARQUE ?
NON, NON, LES AUTRES SONT À CÔTÉ.
EUH... NON, Y A QUE CELUI-CI.

JUSTE EN DESSOUS, DANS LES CARTONS.
LÀ, À VOTRE DROITE.
AGNES MICHEL

EXCUSEZ-MOI ?
COMMENT SE FAIT-IL QUE VOUS EN AYEZ AUTANT ?
LA MARQUE N'EXISTE PLUS.
BAH, C'EST LE CONCEPT DU MAGASIN.
REGARDEZ.
LES PLUS GRANDES MARQUES A PETIT PRIX

AGNES' MICHEL

AGNÈS MICHEL
SÉVERINE ARMAND.
ALLEZ-Y, INSTALLEZ-VOUS.

VOUS AVIEZ CHOISI QUEL TEXTE ?

J'AI CHOISI LE PREMIER TEXTE.

RABELAIS, PARFAIT.
ON VOUS ÉCOUTE.

OUI, C'EST SÉVERINE.

BONJOUR.
BONJOUR, MONSIEUR MARGUET.
DÉSOLÉ POUR TOUT À L'HEURE AU TÉLÉPHONE, JE NE VOUS AVAIS PAS RECONNUE.
PAS DE SOUCI.

J'VOUS SERS UN VERRE ?
NON, MERCI, ÇA IRA...

JE VOUS ÉCOUTE, DITES-MOI CE QU'IL Y AVAIT DE SI IMPORTANT...

EN FAIT...
CE N'EST PAS TROP CE QUE J'AI À VOUS DIRE...
... MAIS PLUTÔT À VOUS RENDRE.
TENEZ.

MAIS QU'EST-CE QUE C'EST ?
LE CHEMISIER DE VOTRE FEMME.
AH.
MAIS POURQUOI VOUS ME LE DONNEZ ?

VOUS ME L'AVIEZ PRÊTÉ, IL Y A UN AN.
QU'EST-CE QUE J'EN AI À FOUTRE...?
MONSIEUR MARGUET.
PARDON.

DÉSOLÉ POUR LE SPECTACLE.
C'EST PAS GRAVE.
QUE C'EST DUR...
... TOUTE CETTE HISTOIRE.
ÇA VA ALLER.

ÇA VA ALLER.
MONSIEUR MARGUET.

J'AI ENVIE DE VOUS EMBRASSER.

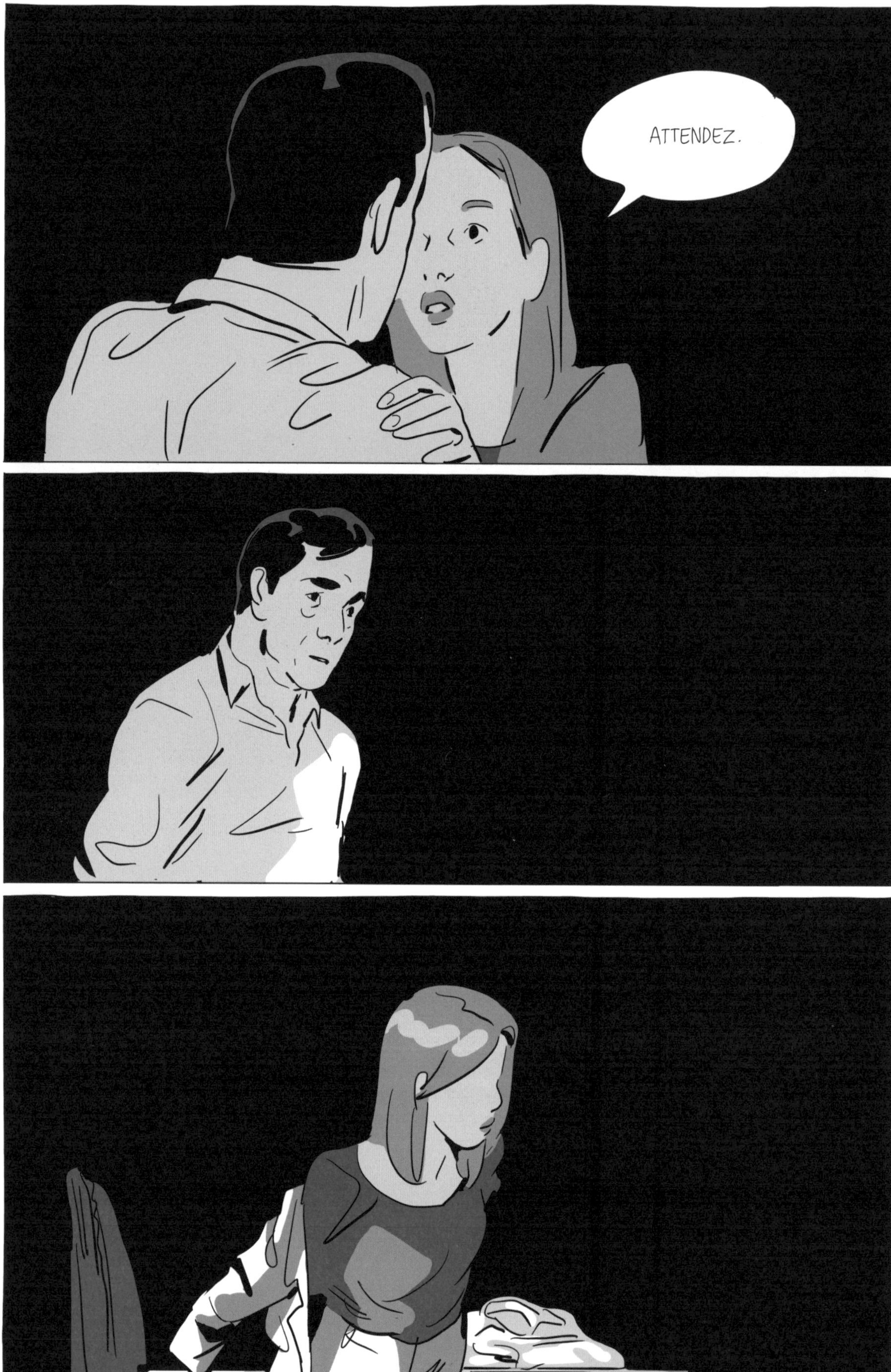
ATTENDEZ.

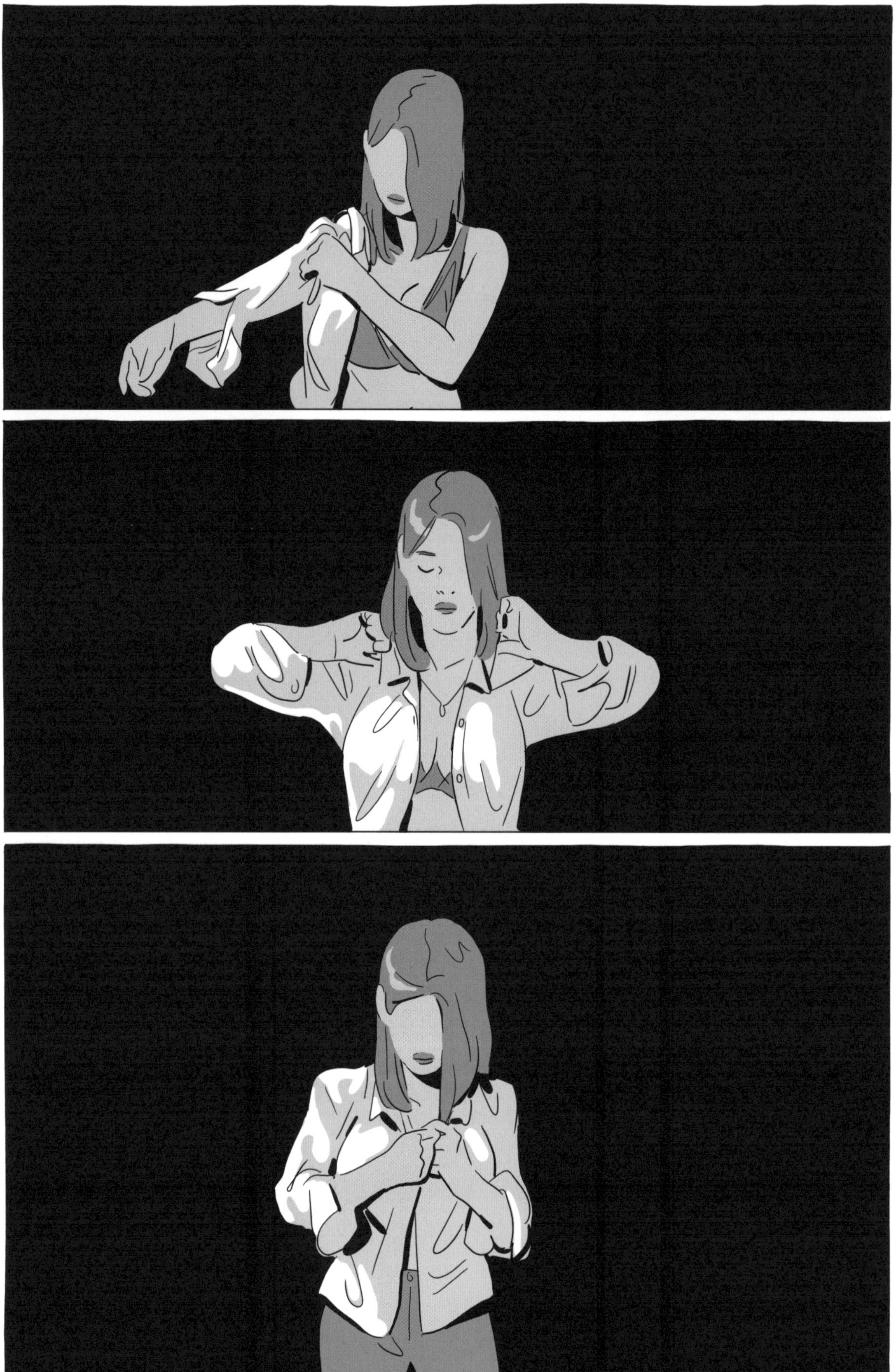

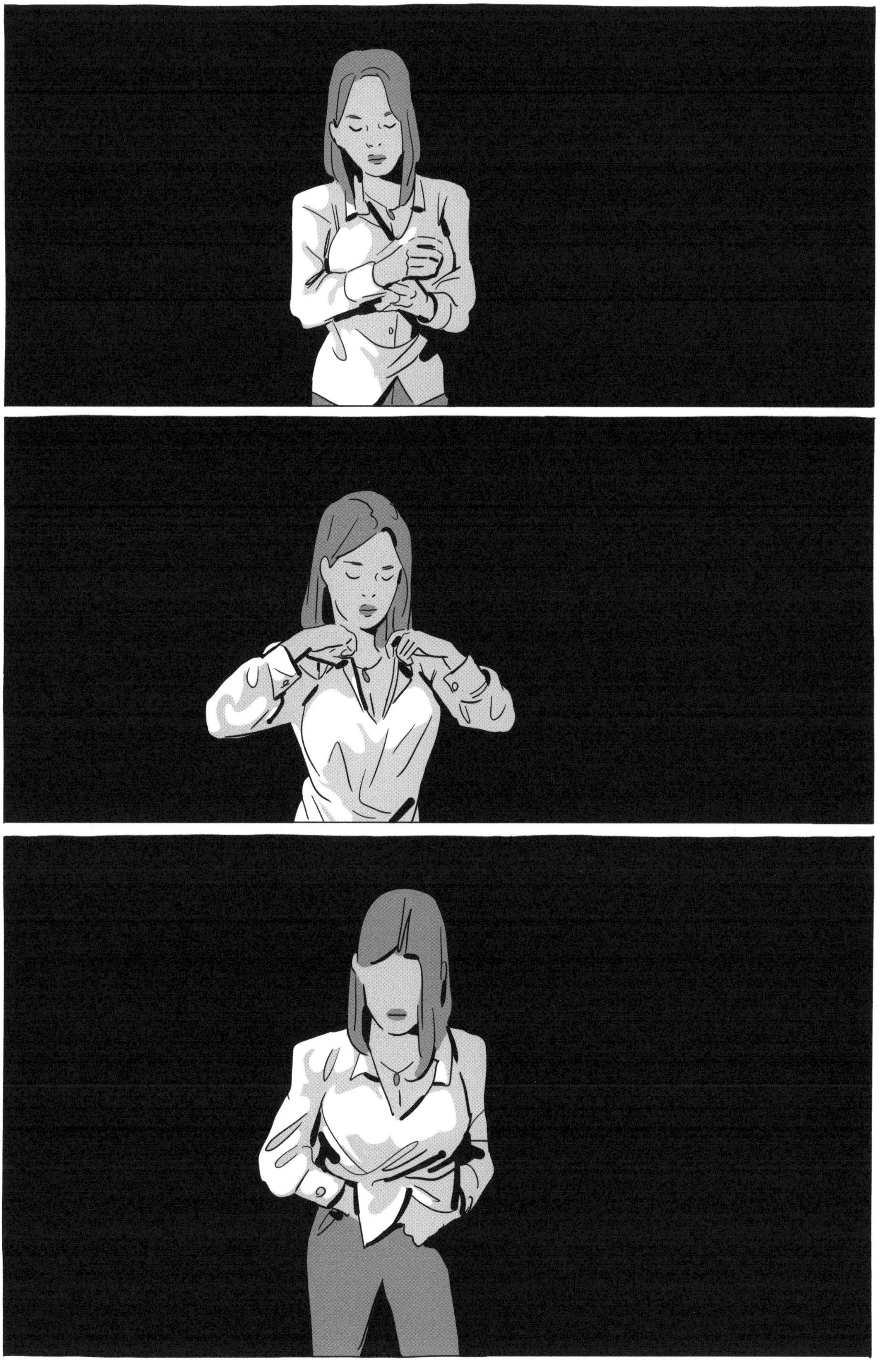

IL VOUS VA BIEN, CE CHEMISIER.
JE TROUVE AUSSI.
VOUS M'EN VOULEZ PAS ?

DE QUOI ?
D'AVOIR MIS LE CHEMISIER DE VOTRE FEMME.
DISONS QUE CE SERA NOTRE SECRET.
VENEZ.

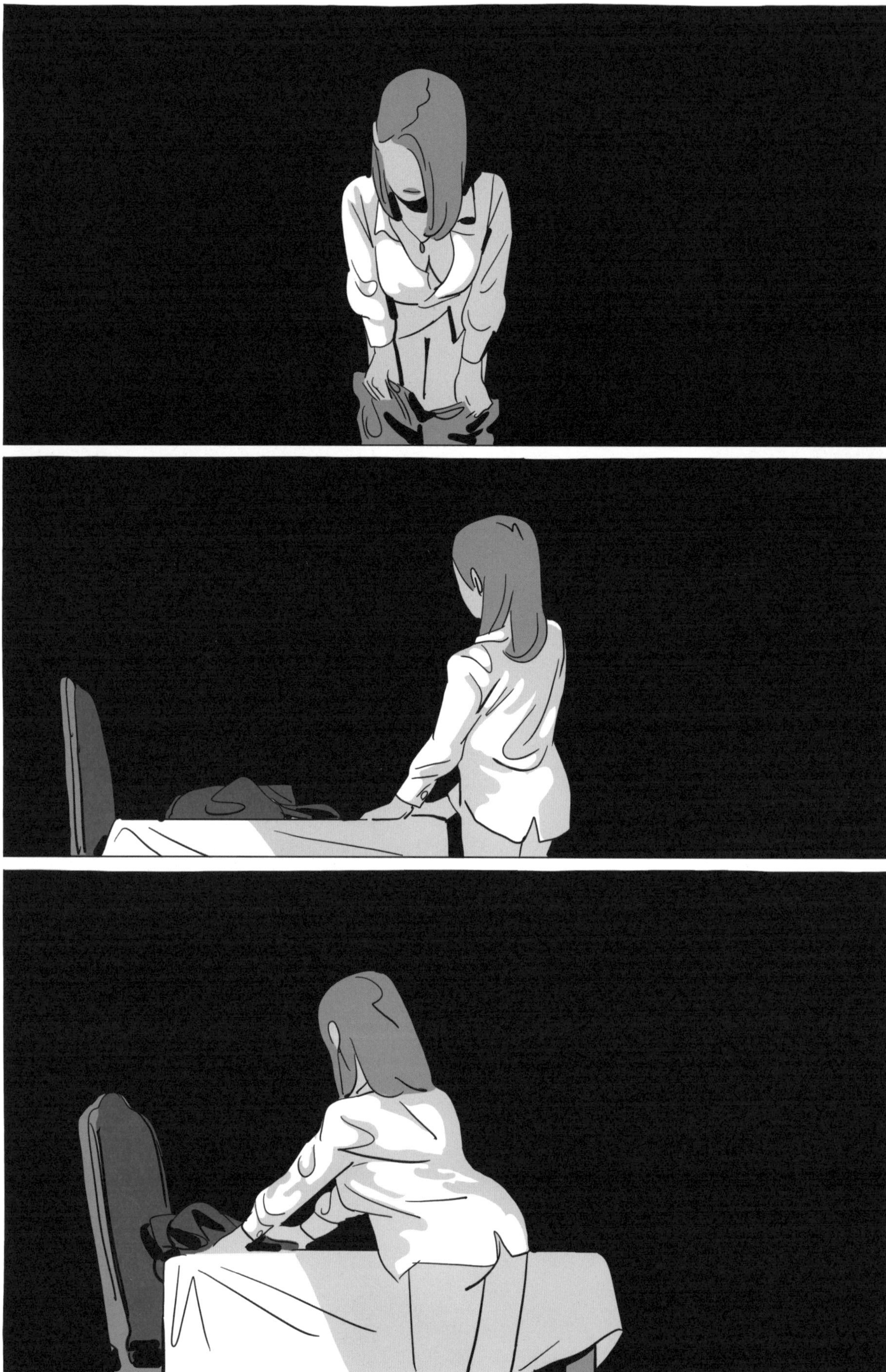

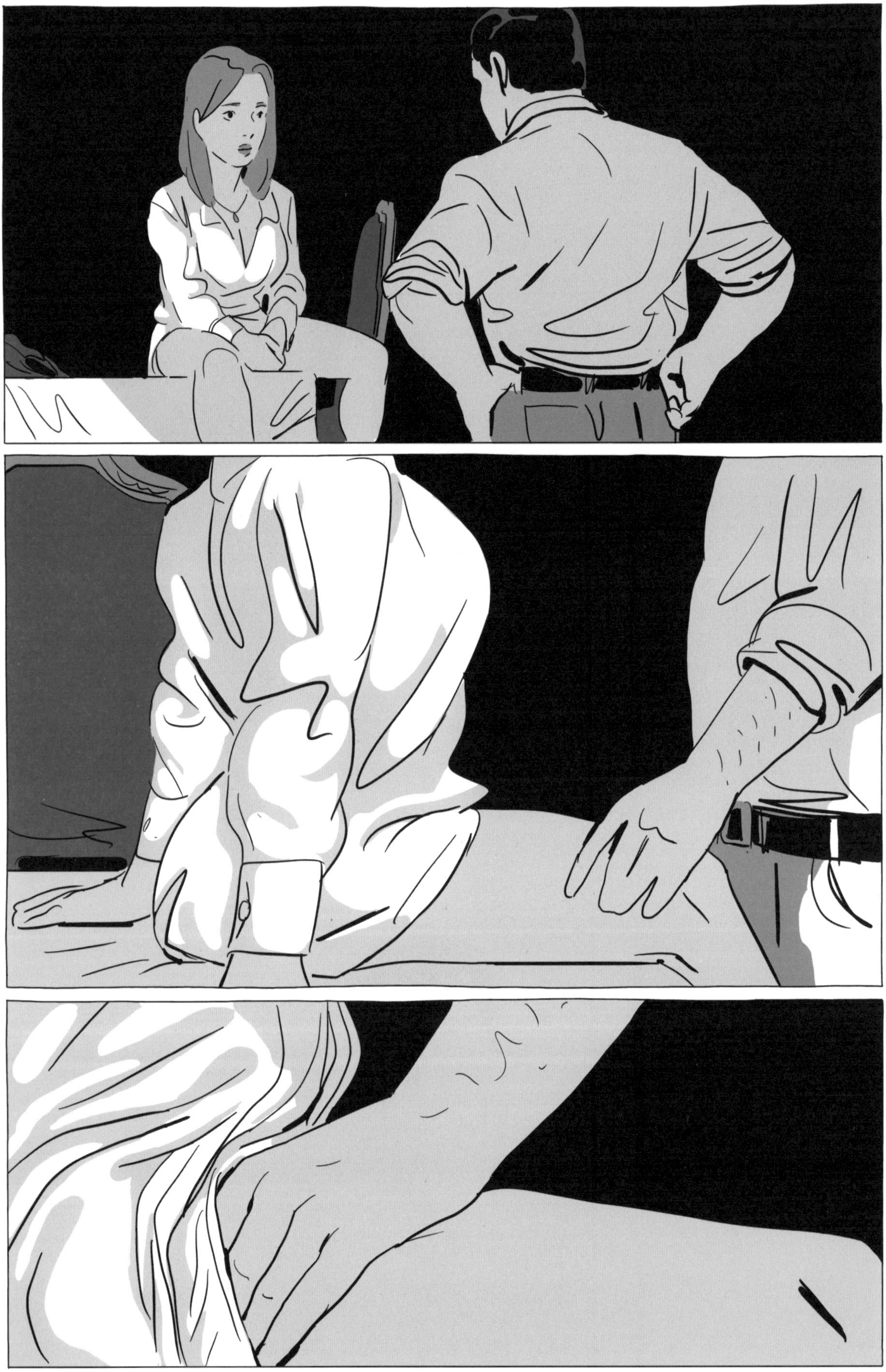

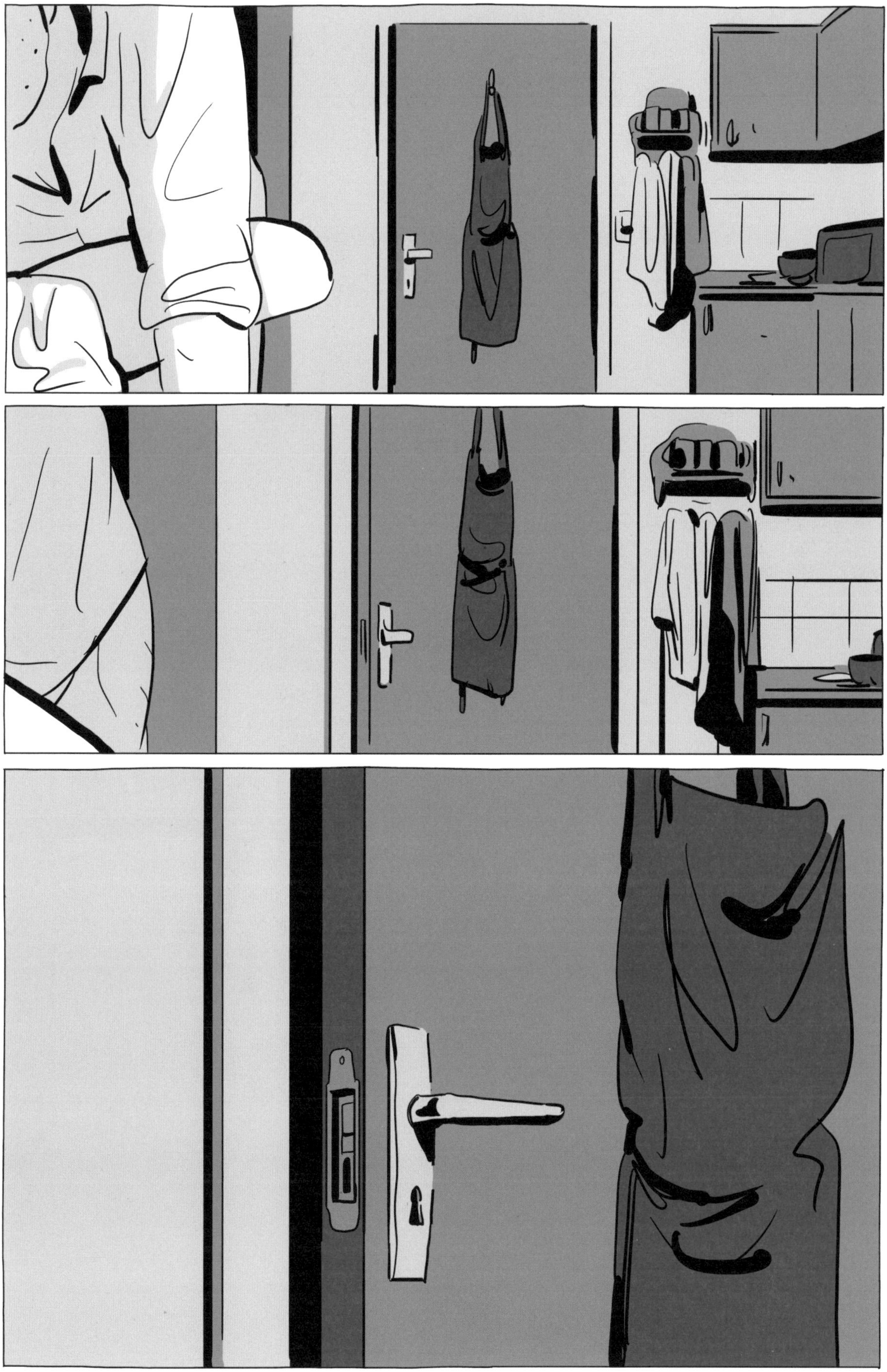

- B. VIVES -

Merci à Didier, Benoît, Alexis, Florent, Ella et Michaël
pour leurs relectures.

autres albums de

Bastien Vivès

AUX ÉDITIONS CASTERMAN

Elle(s)
Hollywood Jan
avec Michaël Sanlaville
Le Goût du chlore
Dans mes yeux
Amitié étroite
Polina
Une sœur
Lastman *(10 tomes)*
avec Michaël Sanlaville et Balak
Lastman Stories
avec Alexis Bacci
Pandora n°1 *(revue)*
Quelques jours en France *(collectif)*

Attention chien méchant
(album jeunesse)

AUX ÉDITIONS ANKAMA

Juju Mimi Féfé Chacha
avec Alexis de Raphelis

AUX ÉDITIONS DANGER PUBLIC

Poungi la racaille *(2 tomes)*

AUX ÉDITIONS DARGAUD

Pour l'empire *(3 tomes)*
avec Merwan
Tranches napolitaines
(collectif)

AUX ÉDITIONS DELCOURT

L'Amour
La Famille
Le Jeu vidéo
La Blogosphère
La Guerre
La Bande dessinée
Papier *(collectif)*

AUX ÉDITIONS DUPUIS

La Grande Odalisque *(2 tomes)*
avec Ruppert et Mulot
Les Autres gens *(collectif)*
Comment je me suis fait plaquer...
(collectif)
L'Atelier Mastodonte *(collectif)*

AUX ÉDITIONS GLÉNAT

Petit Paul

AUX ÉDITIONS LES HUMANOÏDES ASSOCIÉS

Le Jour où ça bascule *(collectif)*

AUX ÉDITIONS LES REQUINS MARTEAUX

Les Melons de la colère
La Décharge mentale

AUX ÉDITIONS VRAOUM

La Boucherie

Création typographique et lettrage : Jean-François Rey

www.casterman.com

ISBN : 978-2-203-16877-0
N° d'édition : L.10EBBN002984.N001

Conception graphique : Studio Casterman

Achevé d'imprimer en juin 2018 par Pollina (France) - 85340, sur du papier Munken Print White 115g.
Ce papier est composé de fibres naturelles, renouvelables, recyclables, et fabriquées à partir de bois provenant de forêts gérées durablement.
Dépôt légal : octobre 2018 ; D.2018/0053/334